Prefazione

Da che la memoria mi accompagna, ho sempre amato scrivere.

Quando ero bambina compilavo minuziosi diari quotidiani, illustrati con passione e corredati da ogni nuovo termine che imparavo.

Poi sono arrivate le poesie, i piccoli racconti e i temi di scuola.

Ogni volta seguivo mia madre in giro per casa mentre era impegnata nelle faccende domestiche e le leggevo ciò che avevo scritto.

Se chiudo gli occhi sento ancora il profumo delle minestre calde, nei lunghi inverni in cucina, con le nuvole di vapore sopra le nostre teste.

Lei era un giudice severo, eppure, quando alzavo lo sguardo dal foglio vedevo spesso i suoi occhi luccicare.

Quando sono diventata adulta, questo rituale tra di noi non ha smesso di esistere; io continuavo a scriverle biglietti e messaggi, anche se più sporadicamente.

Questa racconto è nato in un momento particolarmente difficile delle nostre vite.

A centinaia di chilometri di distanza da me infatti, mia madre avrebbe iniziato il lungo percorso delle chemioterapie. Lei era una persona pratica, sbrigativa e sempre attiva. Odiava l'inerzia e l'indolenza, e quelle ore seduta sul lettino durante le infusioni le sembravano uno spreco di tempo.

"Mi annoierò a morte e il tempo non passerà mai." mi disse. Allora io iniziai a mettere su carta una favola, per portarla altrove con i pensieri, anche se per pochi istanti. Dopo averla letta, la scena fu più o meno la stessa di sempre. Lei si commosse al telefono e mi esortò a scrivere, non solo per me stessa. Io glissai, alzando le spalle. "Ciò che scrivo è mio, o al massimo mio e tuo." le dissi.

Allora lei sorrise, rimbrottandomi bonaria-mente: "È un peccato però".

Il giorno in cui mia madre mi ha lasciata, ho pensato di portare questa storia a fare due passi nel mondo, per raccontare l'esistenza di un legame eterno.

Uno di quegli amori custoditi gelosamente nei cassetti dell'anima, in un posto pieno di grazia, inaccessibile alla morte. Ovunque arrivi questo piccolo libro, spero diventi messaggero di spe-ranza e conforto.

Mi auguro che doni un'emozione a tutti quel-li che vorranno leggerlo, e che mia madre, dall'alto della sua nuvola, continui a sorrider-mi e ad essere orgogliosa di me, per sempre.

A mia madre,
ardente sole della mia vita,
eterna luce nei miei ricordi,
per la sua lezione sui colori dell'anima.
Per avermi cresciuta nella bellezza
e nella bontà del suo cuore.
Per essere stata la madre migliore
che potessi desiderare.

Ad Andrea,
per aver sorretto con tutte le sue forze il cielo,
mentre mi crollava addosso.
Per aver creduto in questo progetto,
forse anche più di me.
Per essere stato le mie ali,
quando non riuscivo più a volare.

Giallo di Cromo

I - Il pazzo

Era l'inizio di maggio. La campagna galleggiava in una bolla di luce morbida e il vento era divenuto finalmente tiepido.

Io vivevo insieme ai miei fratelli lungo un vialetto punteggiato di ulivi e cedri profumati. Eravamo tanti, una moltitudine di macchie gialle intervallate da tocchi di viola-azzurro intenso. Avevo una corona setosa di petali, di un giallo vivido, e addosso l'odore dei campi incolti. Piegavo la testolina in direzione del sole, assorbivo il calore dei raggi e lo trasformavo in bellezza, ogni giorno.

Intorno a noi c'era il silenzio del chiostro che ci aveva accolti quando eravamo dei semini indifesi, e la spoglia, magnifica facciata di una chiesa. Conoscevamo solo le mani dell'uomo che quotidianamente si prendeva cura di noi. La nostra vita scorreva placidamente monotona: un susseguirsi di stagioni, di nuovi boccioli e di foglie appassite.

Un pomeriggio sentii attorno al mio gambo delle mani estranee: dita grandi e callose. Fu allora che incrociai per la prima volta il suo viso.

Aveva un aspetto affilato, sgraziato e duro. Gli

zigomi solcati da una tristezza indescrivibile, gli occhi di un azzurro cupo, intensi come due pezzi di cielo profondo.

La chioma era fulva e arruffata ed incorniciava un viso spigoloso, scoperto ai lati della fronte da una leggera stempiatura. Una benda copriva il lato sinistro del suo viso, e gli conferiva un aspetto smunto ed emaciato. Emanava un odore acre e selvatico, e aveva l'aria di chi non tocca una saponetta da un bel pezzo. *"Piccolo mio, vuoi venire via con me?",* mi disse cingendomi delicatamente. Fui colpito da quella voce dolce, in netto contrasto con una figura così aspra. L'uomo estrasse un coltellino dalla tasca della giacca lisa e senza indugiare oltre, mi recise.

Non avevo mai visto il mondo da una prospettiva diversa da quella del lembo di terra in cui ero nato, e tutto mi terrorizzava. Cosa ne sarebbe stato di me?

Tra le sue mani ruvide attraversai per la prima volta il cortile guardando il tramonto scomporsi in mille colori.

Le gocce d'acqua della fontana al centro del chiostro zampillavano gorgogliando e la luce cremisi rimbalzava netta sulle pietre chiare dei muri circostanti, creando lunghe ombre.

Oltrepassammo la porta dell'edificio più grande; c'era all'ingresso una stanzetta vetrata con un omuncolo occhialuto seduto su una sedia di legno tutta sgangherata. I due si scambiarono un breve sguardo di circostanza e poi tornarono ad ignorarsi. Salimmo poi lungo una scala, attraversammo un lungo corridoio grigio con numerose porte su ogni lato. Tutto sembrava avvolto in un sinistro silenzio, e ovunque si sentiva odore di disinfettante e di cibo di pessima qualità. L'uomo si fermò al primo piano e aprì una porta, tutta cigolante.

Fui inondato da una luce dorata, resa opaca dallo sporco dei vetri alle finestre.

La stanza era misera come la cella di un monaco. C'erano un letto verdastro in ferro battuto con delle coperte tutte rattoppate, due sedie e un tavolo. Una moltitudine di oggetti erano sparsi ovunque: un vecchio paio di scarponi - talmente consunti da avere la suola staccata sul davanti - una pipa, un breviario, un cappello di paglia abbandonato sul pavimento, qualche avanzo di candela, un plico di lettere dalla scrittura fitta e nervosa.

Alle pareti erano appesi dei quadri di piccolo formato, dai colori vivaci, brillanti. Uno di essi raffigurava una grande onda azzurra, delineata con volute nette ed eleganti.

Ciò che più colpì la mia attenzione fu un cavalletto di legno addossato alla parete. A terra campeggiavano una valigetta sporca e un fascio di pennelli che necessitavano di essere puliti. Un odore acido ma vellutato invadeva ogni cosa, ed era così forte che non capivo come l'uomo riuscisse a conviverci.

"Perdonami se ti ho portato in questo posto di dolore", mi disse con gentilezza infilandomi in un bicchiere di vetro proprio accanto alle lettere. Vidi gli occhi azzurri fissarmi di nuovo e piegarsi in un sorriso impercettibile.

Si tolse bruscamente gli scarponi e la giacca logora, gettandoli con noncuranza sul pavimento, le cui tavole di legno erano sollevate in alcuni punti.

Si accomodò su una delle sedie e intingendo la penna nel calamaio iniziò a scrivere: *"Caro Theo, ti prego, mandami trentatré tubetti di colore: bianco, rosso lacca, verde smeraldo, arancione, cobalto, malachite, cromo e blu oltremare. [1] "*

Continuò a scrivere compulsivamente per molte ore, alzando ogni tanto lo sguardo sulle ombre della notte che penetravano nella stanza in punta di piedi. Poi a poco a poco la candela che aveva acceso divenne un mozzicone e lui si accartocciò su se stesso. I riccioli si riversarono sul tavolo di legno in una matassa arida e scomposta.

Le sagome spettrali degli alberi attraverso la finestra sembravano fare da coreografia alle voci che udivo attraverso le pareti. Oltre la nostra porta, si sovrapponevano echi lamentosi, pianti strozzati, grida soffocate e risate inquietanti.
I corridoi sembravano popolati da presenze senza pace, colme di tristezza e sofferenza.
Mentre la fiammella rossastra della candela lentamente si andava consumando, il suo respiro divenne regolare.

Si era infine addormentato.

Ne approfittai allora per osservarlo con circospezione. Malgrado il suo aspetto trasandato e spiacevole e i lineamenti duri, riuscii a percepire una grande delicatezza d'animo. Sembrava avere una bontà soffocata da innumerevoli strati di tristezza e mostrava una evidente condizione di sofferenza fisica e mentale. Mentre lo fissavo, all'improvviso si destò, con la bocca impastata e gli occhi gonfi e cerchiati. Si alzò arruffato e sporco, ripiegò il cavalletto, prese qualche tela immacolata e uscì. Nel frattempo, finalmente, la notte brutale iniziava a lasciare il passo alle prime luci dell'alba.

Non ero abituato alla solitudine, e la giornata mi parve lunghissima senza alcuna compagnia.

"Le sagome spettrali degli alberi attraverso la finestra
sembravano fare da coreografia alle voci che udivo
attraverso le pareti."

Ad ora di pranzo entrarono frettolosamente due donne con un vassoio di ciotole sbeccate e maleodoranti, un frutto e un pezzo di pane nero. Trovando la camera vuota, borbottarono qualche imprecazione sottovoce e sparirono nel corridoio.

Rimasto di nuovo solo, mi sporsi dalla finestra, che ormai era diventata il mio unico collegamento con il mondo esterno.

Un pettirosso si posò sul davanzale e iniziò a canzonarmi: "*Senza le tue radici morirai di certo fra qualche giorno*", mi disse. Poi proseguì: "*Io conosco l'umano che ti ha raccolto; ogni tanto vaga per i prati e parla con gli alberi e le nuvole. Si chiama Vincent, ed è un povero pazzo*". "*Che cosa puoi capire tu dell'anima di una persona sola e malata?*" lo rimproverai.

Mi resi conto in quell'istante che provavo già dell'affetto per il mio carnefice, lo giustificavo e lo difendevo, nonostante mi avesse strappato dal ventre caldo della terra e dalla compagnia dei miei fratelli.

Tuttavia le parole dell'uccellino mi turbarono. Trascorsi il resto della giornata con angoscia e desolazione, fra i pensieri più terribili, impaurito per il mio imminente destino.

"Un pettirosso si posò sul davanzale
e iniziò a canzonarmi."

Era ormai giunto il crepuscolo quando Vincent rincasò, stravolto. Si gettò sul letto e iniziò a piangere. Un pianto dapprima sommesso, poi sempre più intenso, fino a che nella stanza apparvero due persone - forse medici - che gli diedero qualcosa da deglutire. Lentamente passò il tremore, cessò il pianto.

I timori della giornata appena trascorsa lasciarono il posto ad una tenerezza infinita.
Avevo ormai capito di essermi imbattuto in una persona speciale, molto diversa dal giardiniere che si prendeva cura di me quando abitavo nel cortile.

Vincent era un individuo senza un flusso di pensieri lineari, che preferiva interagire con i fiori e con i suoi amati colori, anziché con i suoi simili, e soffriva. Soffriva di un male invisibile, che gli altri non capivano. Mi sentii impotente, inutile. *"Che cosa posso fare per questo essere così indifeso e solo? Come posso fargli capire che io sento il suo dolore?"*
Mi arrovellai senza trovare risposta.

Ero solo un fiore, e non potevo rispondere alle sue parole, né consolarlo. *"Però posso impegnarmi a splendere"* pensai. Così al mattino successivo e per tutti i giorni a venire girai il più possibile la mia testolina verso la finestra, allungandomi in direzione del sole. Cercavo di incamerare ogni raggio, di assorbire il giallo, di rendere vigorosi i miei petali.

L'uomo evidentemente se ne accorse, perché guardandomi un mattino, quasi si commosse: *"Sapessi quanta gioia provo al solo vederti, mio piccolo amico color giallo cromo!"*

II - L'incantesimo

A poco a poco iniziai a convivere con la sofferenza, mi abituai alla stanza scarna che di notte diventava una caverna buia, imparai a riconoscere i volti stanchi degli infermieri, gli occhi lividi e vuoti degli altri ospiti di quella insolita dimora, fatta di persone sole e dimenticate. Osservavo il mondo esterno dall'alto del mio davanzale e non avevo più timore di nulla, mi sentivo avvolto da un affetto e una compassione incredibili.

Mi ero inoltre reso conto di essere parte di un magia profonda, di un inspiegabile incantesimo che mi rendeva eternamente in boccio. Ero un fiore reciso, sarei dovuto appassire dopo qualche giorno, eppure restavo sempre fresco, giovane. La mia corolla era turgida, non marciva né si seccava mai. *"Forse Madre Natura voleva donargli questa misera consolazione, per ricompensarlo delle sue atroci sofferenze."* pensai. Forse voleva che io restassi con lui a tenergli compagnia nei lunghi pomeriggi di pittura disperata, nelle notti di abluzioni, nel sonno chimico che gli provocavano i medici. Io restavo sempre lì. Nel mio bicchiere di vetro sul tavolo accanto alla finestra.

Spesso leggevo le sue parole, e tutto in lui ormai mi colpiva nel profondo dell'anima. *"Con un*

quadro vorrei poter esprimere qualcosa di com-
movente come una musica [2] *"*, scrisse un mattino. *"Com'era possibile che nessuno si accorgesse*
di un'anima così grande?", pensai.
Lui non sembrò mai rendersi conto della mia
eterna giovinezza, ma spesso si fermava ad
accarezzare uno dei miei petali, e mi parlava per
diverse ore, ogni giorno.
Ero l'interlocutore muto dei suoi discorsi imma-
ginari. Io non lo umiliavo, non lo deridevo, né
lo abbandonavo mai. Ero l'amico che non aveva
mai avuto.

Nei giorni che seguirono, i raggi del sole scalda-
rono la primavera.
La brina sulle gemme del mattino si era definiti-
vamente sciolta, i pensieri tenebrosi lasciarono
per sempre la mia mente. Vincent mi sembrava
sentirsi meglio, perché i suoi occhi cupi si erano
un pò rischiarati. Dalla fitta e quotidiana corri-
spondenza ero riuscito a capire che Theo, suo
fratello, era l'unico che provasse affetto e stima
per lui. Malgrado la grandezza del suo cuore e
della sua arte, il mio amico viveva nell'indigenza
più assoluta; non possedeva nulla, era vestito di
stracci e mangiava ciotole di minestre incolori
con pane raggrinzito. Era sostentato unicamen-
te dal portafoglio di Theo; nessuno infatti si era
mai fatto avanti per acquistare una delle sue tele.

"Non posso cambiare il fatto che i miei qua-dri non vendono. Ma verrà il giorno in cui la gente riconoscerà che valgono più del valore dei colori usati nel quadro [3]*"*, mi disse in un giorno di pioggia, mentre pigramente preparava un violetto da usare come ombra su un tavolo di limoni gialli.

Un mattino pieno di luce, con il sole ardente nel cielo come una moneta d'oro,Vincent rientrò in camera sorridente, con un mazzo di fratelli gira-soli; qualcuno ancora in boccio, qualcun altro già in piena fioritura. Li mise in un vaso più grande, sul tavolo, dopo aver spostato le lettere e gli altri oggetti che lo ingombravano, come sempre. Aprì fremente la scatola in cui teneva i colori in tubetto. Le sue mani sembravano muoversi da sole, come se qualcuno le avesse staccate dal corpo. Prese il giallo - ormai sapevo che quello era il suo colore preferito - e iniziò a mescolarlo grossolanamente con del blu fino ad ottenere un verde-azzurro acceso, splendente. Il colore era denso, pastoso e aveva il solito aroma acido e pungente. Iniziò a stenderlo a grandi campiture sulla superficie avorio della tela. Sembrava posseduto da una entità ultra-terrena mentre spalmava il colore, senza usare i pennelli, ma impiastricciandosi le dita. Con i polpastrelli creava chiazze irregolari, dense e spesse, in modo violento, come se il quadro fosse lo sfogo della sua solitudine e la sua unica consolazione. Mentre osservavo la scena da lontano, ad un tratto si fermò, mi prese e mi mise nel vaso grande, insieme agli altri girasoli e con la gioia stampata sul visto ricominciò a dipingere con furore.

In quel momento non mi resi conto della potenza emotiva dell'immagine che stava nascendo fra le sue mani.

Non eravamo più fiori in un vaso, ma esseri vivi, creature scaturite dagli occhi della sua anima, che ci rendeva magiche, potenti, tragiche.

Così ci dipinse per un giorno intero, senza mai fermarsi, né mangiare, né bere. Ogni tanto si portava le dita sporche di giallo alla bocca nutrendosi della stessa tinta che usava per lavorare. Come se volesse mangiare la luce, assorbirla come facevamo noi fiori.

L'odore tossico del piombo nei colori permeava il mobilio, i suoi vestiti.

Gli invadeva i polmoni, scendeva nella sua gola e lo faceva tossire in modo prepotente.

L'aria nella stanza ne era sempre avvolta, e si confondeva con l'aroma caldo e morbido dell'olio di lino con cui erano imbevuti i pennelli e gli stracci sul cavalletto.

Quella notte ebbe una crisi violenta.

Lo vidi dimenarsi, urlare, piangere come mai

prima di allora. Tornò il medico e lo avvolse in una camicia bianca, che gli impediva di farsi del male. Poi lo presero con la forza e lo portarono in una stanzetta attigua, in cui c'era una vasca da bagno. Usavano spesso le abluzioni di acqua calda per calmarlo, ma non sempre serviva.

Se avessi avuto delle braccia al posto di steli e petali sarei corso a stringerlo forte. "*Coraggio Vincent!*", gli urlava George, l'infermiere che talvolta lo accompagnava quando si recava fuori a dipingere. "*É passata, è quasi passata.*"

"Poi lo presero con la forza e lo portarono in una stanzetta
attigua, in cui c'era una vasca da bagno.
Usavano spesso le abluzioni di acqua calda per calmarlo,
ma non sempre serviva."

III - La notte

Fra monotoni giorni di solitudine, e notti di lacrime trascorsero così molti mesi. Nella stanza avevo visto avvicendarsi numerosi fratelli fiori: iris di un blu incantevole, scarlatti papaveri in estate, variopinti fiorellini di campo. In occasione della nascita di suo nipote aveva realizzato un meraviglioso ramo di mandorlo fiorito, fatto di morbide volute su un cielo brillante come un turchese.

Tutto suscitava in lui il più fervido entusiasmo. A volte perfino un cestino di patate e cipolle diventava fonte di ispirazione. Nei suoi quadri spesso c'erano anche delle persone; quelle che Vincent aveva conosciuto in paese. Gente dai volti rugosi, talvolta bonari, altre volte inquietanti, oppure miseramente tristi.

E poi c'erano i suoi amati paesaggi; dettagli della campagna circostante, muri a secco, scorci di prato coltivato, alberi imponenti. "*La terra è viva, si solleva, si abbassa in onde, gli alberi sono come fiamme, tutto si torce e si tormenta* [4]", mi disse un giorno, guardandomi come se si aspettasse che io potessi rispondergli. "*La banalità e la mitezza degli oggetti quotidiani diventava nelle sue mani uno squarcio di immensità*", pensai.

Una notte lo vidi di nuovo profondamente inquieto: aprì la finestra e rimase a contemplare il paesaggio. C'era un buio puntellato di stelle, immobile, quasi irreale.

La campagna nera aveva i contorni illuminati dall'enorme luna che si ritagliava uno spicchio lucente al centro della volta blu. *"Dietro la testa, invece di dipingere il muro banale del misero appartamento, dipingerò l'infinito* [5]*"*- aveva scritto a Theo qualche tempo prima.

Contemplando quel cielo inspiegabilmene inquietante, cominciò a preparare i colori. Questa volta il giallo era limitato alle chiazze degli astri giganteschi.

Tutto il resto era un manto frastagliato di blu cobalto e azzurro oltremare.

Il suo pennello disegnò le sagome delle case in modo lugubre e il cipresso nero in primo piano diventò immobile e imponente come un antico obelisco.

Il cielo formava degli arabeschi curvilinei che mi ricordavano l'onda bidimensionale appesa alla parete.

La luna era sovradimensionata, con un alone tetro attorno, e più che stagliarsi nel cielo, sembrava stesse precipitando su di noi. *"Chissà se c'è da qualche parte un altro universo in cui questo dolore non esiste"*, mi disse mentre spalmava un altro strato di colore sulla tela.

Capii subito che quel dipinto era diverso dagli altri. Era lo specchio dei suoi occhi pieni di orrore, ed ebbi paura. Forse anche lui se ne rese conto, poiché si rifiutò di inviarlo a Theo come faceva di solito.

Pareva vergognarsene, e allo stesso tempo mi sembrava provasse nei suoi confronti un attaccamento morboso, che non gli avevo mai visto con nessun'altra tela.

"La luna era sovradimensionata, con un alone tetro attorno,
e più che stagliarsi nel cielo, sembrava stesse precipitando
su di noi."

Dopo quella notte di terribile esaltazione, Vincent mi parve cambiato, divenne più silenzioso. Non si fermava più a parlare con me, non accarezzava più i miei petali. Dormiva tutto il giorno, scriveva e poi usciva al crepuscolo con le tele e i colori. *"Avrai pure sofferto la povertà per tutto questo tempo per darmi di che mangiare, ma io ti renderò i soldi oppure renderò l'anima* [6]*"*, scrisse qualche giorno dopo al fratello. E da quel momento, lo vidi impegnarsi sul suo corpo con la costanza e la pazienza di un fine cesellatore.

Cercava di guarire, di soffocare il suo dolore, di restare lucido in qualche modo.

Mangiava regolarmente e tentava di riposare.

Dipingeva in modo tranquillo, senza la foga e l'urgenza che avevo imparato a conoscere.

Trascorse così l'estate con i suoi colori accecanti e il sonnolento autunno, fatto di interminabili giornate piovose che passavamo insieme a lume di candela, avvolti nel caldo vapore della sua pipa.

A poco a poco, i suoi sforzi di guarigione sembrarono ripagati. Le crisi erano diventate cadenzate ma meno intense, anche se spesso lo vedevo uscire di notte, ormai ossessionato dal desiderio di dipingere le stelle.

Era trascorso quasi un anno da quando avevo

lasciato il cortile. Le nostre anime mi sembravano ormai legate intimamente, la mia vita di prima, un banale susseguirsi di giorni senza importanza.

Un mattino di primavera qualsiasi, uguale a tanti altri, vidi sul tavolo un foglio immacolato con la dicitura scritta in bella grafia: "*Paziente Van Gogh Vincent - Guarito, autorizzato alle dimissioni*", con la firma in calce del dottore. Se avessi potuto mi sarei disperato, staccandomi la corolla un petalo per volta.

"*Non abbandonarmi!*", cercai di dirgli in tutti i modi, invano. La vita stava per separarci, ed io non potevo nemmeno abbracciarlo. Ero immobile ed impotente.

Nel giro di poco tempo la stanza si svuotò. Le lettere furono ordinatamente legate con uno spago e riposte in una valigia di cartone. Le stampe alle pareti scomparvero. "*Che ne sarà di me adesso? Come vivrò i giorni che mi restano senza di lui?*", pensai con terrore quando Vincent venne a salutarmi. Aveva indossato il cappello di paglia che usava quando si recava nei campi a dipingere, e sull'occhiello della giacca aveva appuntato un ciclamino selvatico, di un rosa intenso. I capelli e la barba erano cresciuti, ma pareggiati con cura rispetto al solito. Un inconsueto odore di pulito proveniva dalla camicia lavata di fresco. La benda che cingeva il lato del viso era ormai sparita e un moncone dell'orecchio sinistro faceva capolino fra i riccioli. Mi prese con la stessa delicatezza del giorno in cui lo vidi per la prima volta.

Mi fece un'ultima carezza, forse accorgendosi solo in quell'istante che ero ancora giovane come un bocciolo. *"Per qualche incomprensibile motivo Dio mi ha donato il piacere della tua eterna compagnia, amico mio. Ti ringrazio di avermi rallegrato in questo luogo di morte.*
Il giallo che emani mi ricorderà che esiste una vita di luce oltre la tristezza. Sarai per sempre il fiore della mia anima."
Mentre mi prelevava dal bicchiere, contemplai quel panorama familiare dalla finestra per l'ultima volta.

Poi Vincent discese le scale, attraversò il chiostro e mi adagiò sulla tiepida terra di maggio. Qualche goccia di pioggia iniziava a scendere sul cortile silenzioso e addormentato e io scorsi la sua sagoma familiare allontanarsi all'orizzonte. Non lo rividi mai più.

IV - Epilogo

Senza di lui, l'incantesimo si era spezzato.
Le mie foglie iniziarono ad accartocciarsi.
Giorno dopo giorno avvizzivo e la mia corolla
perdeva tutta la sua vitalità.
Ero ormai divenuto una chiazza marrone infor-
me, quando un usignolo del mattino si posò sul
ramo del pioppo accanto al muro della chiesa.
Lo pregai di cantare per me, di parlarmi dei prati
che non avrei più potuto vedere. *"Vengo da lontano, sono scappato da un campo di grano pieno
di corvi neri"*, mi disse l'uccellino. *"C'era un
uomo disperato, in quel campo. Correva forsennato fra le spighe, urlando. Poi ho udito un
boato sordo nell'aria e sono fuggito via."*
Capii subito che si trattava di Vincent, il mio
Vincent. Il pozzo nero dentro di lui aveva infine
inghiottito la luce.
Avrei pianto se avessi avuto lacrime, e invece mi
lasciai andare. Lentamente mi feci abbracciare
dal terriccio umido. Vincent stava lasciando il
peso dei suoi dolori terreni, come me.
Da qualche parte udivo ancora il suono della
sua voce gentile che mi parlava teneramente.
Sentivo che la mia anima e la sua sarebbero diventate una sola cosa.

"C'era un uomo disperato, in quel campo.
Correva forsennato fra le spighe, urlando.
Poi ho udito un boato sordo nell'aria e sono fuggito via."

La morte non ci avrebbe separati.

E all'improvviso mi rallegrai. *"Fra poco saremo di nuovo insieme amico mio"*, gli sussurrai con il pensiero. Con gioia pensai che forse con il tempo, il mondo avrebbe capito la grandezza della sua opera, la potenza dei suoi colori, la profondità del suo cuore.

"Sì", mi dissi , *"finalmente, il giallo con cui mi aveva dipinto avrebbe incantato generazioni intere, saremmo divenuti immortali"*.

Lontano dalla scarna e umida stanza che mi aveva ospitato mi avrebbero elevato in cornici dorate, protetto come un gioiello prezioso.

E dall'alto della parete non avrei più visto occhi lividi e guance emaciate, ma coppie di innamorati mano nella mano, giovani studenti incantati, critici dalla penna altisonante.

Saremmo stati per sempre legati, io e lui.
Il pittore e la sua musa.
Indissolubilmente insieme.
Oltre le porte dell'eternità.

Questa storia è liberamente
e devotamente ispirata alla vita e alle
opere di Vincent Van Gogh; poeta
del colore, incompreso maestro del suo
tempo, pioniere dell'arte dell'anima.

Note biografiche

Le tele più famose sui girasoli furono realizzate da Van Gogh già a partire dal 1887. Durante la convivenza con il pittore Paul Gauguin presso la cosiddetta "casa gialla" di Arles, l'amore per questo fiore raggiunse il suo apice. L'artista infatti si dedicò con interesse al girasole, dipingendolo in composizioni di vario tipo, e con vari stadi di fioritura.

Dopo il famoso incidente dell'orecchio e la rottura del rapporto con Gauguin, Van Gogh decise di ricoverarsi nell'ospedale psichiatrico Saint-Paul-de-Mausole di Saint-Rémy-de-Provence, in cui restò da maggio 1889 a maggio 1890.

Non ci sono notizie certe sulla reale diagnosi dell'artista; all'epoca si parlava di epilessia, più probabilmente si trattava di schizofrenia.

La sua salute mentale peggiorò inoltre a causa del cromato di piombo contenuto nei colori che utilizzava - soprattutto nel giallo - colore dal quale era ossessionato e che spesso ingeriva volontariamente.

Durante il suo soggiorno in manicomio ebbe il permesso di ricavare uno studio per dipingere e fu il solo paziente a poter uscire dalla struttura. L'esperienza del ricovero fu per lui estremamente prolifica. Circondato dalla bellezza fiorita e dalla calda luce provenzale, realizzò infatti circa

100 disegni e 150 quadri, tra cui alcune delle sue opere immortali.

I fiori furono tra i temi più cari all'animo sensibile e fragile dell'artista, che non smise mai di dipingerli con stupore e meraviglia e ai quali fu strettamente legato, per tutta la vita.

Bibliografia

[1] **Lettere a Theo**. *Autore: Vincent Van Gogh. Traduttore: Marisa Donvito, B. Casavecchia, Curatore: Massimo Cescon. Editore: Guanda. Collana: Tascabili Guanda. Narrativa Edizione: 7. Anno edizione: 2016.*

[2] **Lettere a Theo**. *Autore: Vincent Van Gogh. Traduttore: Marisa Donvito, B. Casavecchia, Curatore: Massimo Cescon. Editore: Guanda. Collana: Tascabili Guanda. Narrativa Edizione: 7. Anno edizione: 2016.*

[3] **Lettere a Theo**. *Autore: Vincent Van Gogh. Traduttore: Marisa Donvito, B. Casavecchia, Curatore: Massimo Cescon. Editore: Guanda. Collana: Tascabili Guanda. Narrativa Edizione: 7. Anno edizione: 2016.*

[4] **Lettere a Theo**. *Autore: Vincent Van Gogh. Traduttore: Marisa Donvito, B. Casavecchia, Curatore: Massimo Cescon. Editore: Guanda. Collana: Tascabili Guanda. Narrativa Edizione: 7. Anno edizione: 2016.*

[5] **Lettere a Theo**. *Autore: Vincent Van Gogh. Traduttore: Marisa Donvito, B. Casavecchia, Curatore: Massimo Cescon. Editore: Guanda. Collana: Tascabili Guanda. Narrativa Edizione: 7. Anno edizione: 2016.*

[6] **Lettere a Theo**. *Autore: Vincent Van Gogh. Traduttore: Marisa Donvito, B. Casavecchia, Curatore:*

Massimo Cescon. Editore: Guanda. Collana: Tascabili Guanda. Narrativa Edizione: 7. Anno edizione: 2016.

*Ed. originale dell'opera **"Brieven aan zijn broeder"**, di Vincent Van Gogh. 1914*

Indice

*Parte dei proventi della vendita di questo libro,
saranno donati alla ricerca scientifica, perchè
io non mi arrendo, e continuo a sognare un
futuro senza cancro.*

Lightning Source UK Ltd.
Milton Keynes UK
UKHW020318160921
390629UK00008B/336

9 781006 729973